Coordinación de la colección: Daniel Goldin
Diseño: Arroyo + Cerda
Diseño de portada: Joaquín Sierra
Dirección artística: Rebeca Cerda

A la orilla del viento...

EL CAMINO FUNDAMENTAL HIGH SCHOOL
4300 El Camino Avenue
Sacramento, California 95821

Primera edición en portugués: 1991
Primera edición en español: 1994
Tercera reimpresión: 1998

Júlio Emílio Braz

ilustraciones de
Mauricio Gómez Morín
traducción
Fátima Andreu

Para Laura y Luciana Sandroni,
dos personas encantadoras y muy
gentiles con mis esfuerzos literarios

Título original:
Crianças na escuridão

© 1991, Júlio Emílio Braz
© 1991, Editora Moderna Ltda., Sao Paulo
ISBN 0-241-126-24

D.R. © 1994, Fondo de Cultura Económica, S.A.de C.V.
D.R. © 1995, Fondo de Cultura Económica
Av. Picacho Ajusco 227; México, 14200, D.F.

ISBN 968-16-4267-8

Impreso en México

FONDO DE CULTURA ECONÓMICA
MÉXICO

En la oscuridad

…Lindas lucecitas nocturnas
que protegen a mis niños dormidos
ardan brillantes y claras esta noche.

J.M. Barrie, *Peter Pan*

PRIMER AÑO

Los primeros momentos

❖ MAMÁ DIJO:

—Quédate aquí que no me tardo.

—¿Me lo prometes, mamá?

—¡Claro que sí! Sólo voy a comprar un kilo de arroz para la cena.

Ella mintió. No regresó. Me quedé sola.

Entré al supermercado. Entré. Salí. Volví a entrar. Salí otra vez. Lloré.

Busqué a mi mamá. Mi mamá desapareció. Me fui caminando por la banqueta.

—Mamá —grité—. Mamá. Mamá. Mamá.

La soledad cada vez más intensa. El miedo aumentaba. Me cansé. Me senté en la plaza. El mundo creció alrededor de mí con la soledad. Me asustó. Las personas vienen y van. Todos tienen prisa. Huyen. Me evitan. No quieren saber nada de mí. Estoy sola. La plaza crece. La noche llega. No hay estrellas. Nubes negras ruedan por los cielos. Los relámpagos me hacen correr. Tengo miedo, mucho miedo. Mamá...

Plim plim, plim...

Está lloviendo. Tengo miedo.

¡Mamá! ¡mamá!

Tengo seis años y el mundo es grande y negro.

Estoy temblando de miedo. No sé si llorar, no sé si correr. Nadie me oye. Estoy sola con la lluvia y la lluvia me asusta.

Doca. Se apareció como un ángel. Salió de dentro de mi dolor y mi soledad con una sonrisa que iluminaba todo su rostro. Ella tenía los ojos llenos de confianza, una manera muy suya de burlarse de nosotros, de crecer frente a nuestros ojos. Era tan grande como la sonrisa y la confianza que se encontraban en su cara negra como la noche. Negra y mojada.

—¡Niña, tonta! —dijo ella, con su tono de gente grande, muy lejos de sus diez años.— ¿Qué estas haciendo bajo la lluvia? ¡Quítate de ahí!

Me jaló hacia abajo del puente. Tenía una casa allá. Bueno, parecía una casa —era un montón de restos de madera y cartón arreglados de cualquier manera, era un lugar para resguardarse de la lluvia y de las miradas hostiles de las personas. Otros rostros salieron de la oscuridad. Me llevaron adentro. Bebí algo caliente en una lata.

Niñas. Otras niñas. Varias niñas. Eramos todas niñas y Doca era la mayor.

Vivimos en torno a Doca. Ella hace y nosotras hacemos. Ella dice y nadie tiene el valor de ir contra ella. Ella sabe más. Hace más tiempo que sufre. Además, es la más fuerte y tiene la mano pesada. Ya lo sentí dos o tres veces. Santiña otras tantas. Todas ya lo sintieron. Parece ser parte del aprendizaje.

Alguien debe haber golpeado a Doca también. La golpeó más fuerte y de muchas maneras, la golpeó dejando huellas profundas, pero de ellas Doca no habla. Doca decide todo. Es ella la que negocia con los compradores de papel y los hombres de la chatarra. Es ella la que dice hacia dónde ir —sabe dónde encontraremos a la policía, los caballos, la maldad en el corazón del hombre. Es ella quien carga con un dolor muy antiguo en la cara marchita de niña. No parece tener diez años.

La casa es de cartón. Es de madera. Es de lo que sea, de lo que se tenga a la mano. Dormimos en el suelo, sobre periódicos, con las últimas noticias del día, los grandes acontecimientos de la nación como compañía. Hay una foto de Xuxa en la *Folha.* Mi almohada es una historieta. Yo sé que es una historieta pero no sé leer lo que dice. Las letras en hilerita resultan en palabras que cambian las cosas, que encienden las luces del mundo.

Todas se acuestan. Son siete. Batata tose, y tose, y tose. Ella es tan debilucha. Batata de verdad está mala.

Recolectan papel. Recogen botellas vacías. Roban aquí y allí —nada grande, nada de lo que alguien pueda darse cuenta. Rutina. ¿Hasta cuándo? A Doca no le importa. ¿A quién le importa?

Doca sabe de las cosas. Todos saben que Doca está en todo. Hasta el Pegador la trata con respeto. La sombra de Doca está hecha de paz, de mucha paz. En ella yo estoy segura, en ella ni el mal ni los hombres —lo que a veces es lo mismo— me alcanzan. Si ella me dejara, yo le diría "mamá".

Ellas me empezaron a llamar Roliña y no tuvo mucha gracia. Se me quedó Roliña y ya.

Ellas son siete. "El número de la suerte", dice Doca con una risita.

Tenemos a Batata, que a pesar de ser la mayor del grupo tiene un aspecto tan débil y enfermizo que da lástima. Ella siempre anda triste. Es larga. Callada. No deja de toser.

Pidona es bajita, no se peina —pues el cabello es tan corto y tieso que no vale la pena perder el tiempo con él. Bastará decir que aquello es algo tan encrespado que parece un bicho. Nadie sabe de donde salió su apodo, pero es mejor que el nombre de Severina, que ella odia. Tal vez sea porque se la pasa pidiendo todo y cualquier cosa a la gente, no importa qué ni a quién. Tal vez sea porque de más pequeña pedía limosna con una mujer en el barrio de la Catedral. (Es gracioso, cuando uno las ve es difícil imaginar que hayan sido más pequeñas de lo que son. Y tampoco envejecen.) De todas ellas, Pidona es la única que vive con su familia, en Ferraz de Vasconcelos. Vive con padres y trece hermanos más. Todo el día va y viene. Lleva lo que gana a su casa. Vuelve con una expresión de fastidio en la cara, y de vez en cuando la trae hinchada.

Santiña tiene ese nombre porque todo el mundo piensa que tiene cara de santa. Doca también pensó lo mismo. Es una de "sus hijas", como dicen las otras niñas.

Pereba, es dientona y con un mirar malhumorado. Sus enormes dientes saltan, unos sobre otros, hacia afuera de la boca. María Prieta es negra como la noche. Pequeñita, menuda, se la vive riendo a lo loco.

María Blanca no es blanca. Aunque es menos negra que María Prieta, por eso se llama así. Ella tiene la misma edad que Doca, pero es Doca quien manda. Doca nació para mandar. Basta mirarla.

¿Será que no voy a encontrar a mi mamá?

Santiña no me quiere. Tiene celos. Sí, debe ser eso. Después de todo, ella es otra de las "hijas" de Doca y no le gusta que Doca me preste atención. Ella no pierde la oportunidad de molestarme. Me da pellizcos, me jala de los cabellos. Tomé de su comida. Tenía hambre. Ella me descargó una bofetada. Llevo esa bofetada en los ojos, en el corazón. Un día de estos...

Las leyes del grupo son simples pero duras. La que no trabaja no come. Entre ellas nadie roba a nadie. Pero tampoco confían. Todavía me ven con desconfianza. Cuando quiero alguna cosa, busco a Doca. Ella tiene sus días. Ciertos días es bueno tener a Doca como amiga. Entonces es dócil, muy buena, una madre. Hay días que es bueno mantenerse lejos de ella. Con su cara de enojada, los puños cerrados, los ojos con aquella mirada como de quien anda buscando pelea y con quién reñir. Se pone así principalmente cuando llega el Pegador.

Hoy fue mi primer día trabajando con ellas. Trabajé hasta que me dieron vértigos. El calor estaba tremendo. El sol quemaba. Subimos a Brigadeiro empujando el carrito y parando en todos lados para recoger papel y cartón, codiciando las cosas bonitas de los aparadores con los ojos llenos de deseo, los estómagos vacíos, chirrilliando sin cesar.

—¿La gente también come a los seis años, no? —preguntó Pereba.

Estaba dicho.

De tardecita, cuando regresamos a casa, yo estaba tan mal que ni siquiera podía sentarme.

Voy a dormir con la barriga vacía. No me guardaron nada.

¡Ay, qué hambre!

Pereba dice que soy una cobarde y tiene razón. Yo sólo tengo miedo. Me agarro a Doca como si fuera su sombra.

Pegador no tiene más de trece años y ya tiene la edad de los ojos tristes y duros. Sonríe sólo cuando está cerca de Doca. (Es gracioso, Doca es mayor que él, a pesar de ser más joven.)

Si uno quiere incitar al Pegador a pelear no tiene más que decirle enanito o maricón. Cualquiera de los dos nombres es igual. Él no es flor que se deje oler. Lleva un arma a la cintura y todos saben que mata con una sonrisa en los labios. En serio, Pegador es muy peligroso. Deben ser los golpes que le ha dado la vida —el padre, la madre, los hermanos, la policía. Pues sí, le tocaron demasiados golpes y eso le afectó la cabeza. Sólo se tranquiliza cuando está cerca de Doca. Ella tiene algo que él respeta. Ella habla con él mirándolo a los ojos, de igual a igual. Los otros no buscan bronca, no, y rehuyen su mirada lo más que pueden. Sus ojos no son agradables. Pegador es totalmente desagradable, pero está claro que nadie le dice eso a él. ¿Y la pistola, eh?

Santiña hoy se apareció con unas tijeras. Se me puso la carne de gallina cuando me miró. Había algo en sus ojos que me metió un miedo bárbaro. Las tijeras son para mí. Estoy segura de eso. Sí señor.

Ella era rubia. Tenía cara de ángel o por lo menos la cara que yo me imagino que tiene un ángel. Juro que no quería hacerle ningún daño. Sólo quería tocar la ropa que ella traía puesta. Su ropa era bonita. ¡Dios mío, de veras que era bonita! Y debía ser cara también.

Fue sin maldad. Ella pasó con las dos mujeres, sonriente, abrazada a un enorme oso. Yo no resistí. Esa ropa... esa ropa... la toqué y, cuando la toqué, sentí

aquella mano pesada que me golpeó el rostro y me ardió como si estuviera incendiándome.

—¡Quita esas manos inmundas de encima de ella, negrita! —dijo una de las mujeres.

Lloré. Lloré de miedo y sorpresa. Después de todo, ¿qué había hecho de malo? La ropa, tan sólo la ropa...

Batata me jaló del brazo y las dos nos fuimos corriendo por la plaza. Aquellas personas gritaban, llamaban a la policía, mientras yo oía al ángel de cabellos rubios que lloraba:

—Ella quería quitarme mi vestido... mi vestido...

Batata no deja de toser. Eso nos tiene hartas.

—¡Caramba! ¿Por qué no te mueres de una vez y nos dejas en paz? —se queja de vez en cuando Doca.

El policía me pateó. Así, sin más, tan sólo por el placer de patear. Me pateó y se fue como si yo no fuera nada o como si fuera algo que debía ser pateado. Doca pensó que yo era tan tonta que daban ganas de llorar. Aquello no era novedad para ella ni para las otras. Todas tienen marcas de patadas en el cuerpo. Marcas que exhiben con cierto orgullo. Marcas de un duro aprendizaje. Ahora soy una de ellas. La policía ya me trata como una de ellas.

Sucedió. Hoy me quedé sola con Santiña. No fue por mucho tiempo, no, pero fue suficiente. Descubrí para qué había traído las tijeras. Tan pronto como

Doca y las otras salieron, ella me agarró de los cabellos y se aprovechó de los tres años más que tiene para cortarme todo el pelo.

Cortó. Cortó. Cortó y me golpeó.

—Si abres el pico, te parto la cara, ¿oíste? —me dijo.

Me callé. Inventamos una disculpa. Dije que yo misma me había cortado el pelo. Ahora no tengo tranquilidad. No quiero volver a quedarme sola con ella.

Evito quedarme sola con Santiña, pero ella siempre encuentra una manera de quedarse sola conmigo.

¡Es un infierno!

Trato de entender a mi mamá. No puedo. Siempre va a ser difícil entender por qué me abandonó, aunque ella hable de la pobreza, del hambre, de la falta de casa.

La calle Tupinambás baja, baja, baja. Queda en el barrio Paraíso, cerca de la estación del metro. Hay un hospital en la calle. Un crucero peligroso que sólo atravesaba de la mano de mi mamá. Ahí está la calle Chuí, donde creo que viví. Hace tanto tiempo. Mi mamá no me quiere. No voy allá. Doca dice que son boberías.

Dejé a Doca y me fui a tratar de encontrar a mi mamá. Caminé, caminé. Caminé todo el día, el metro me llevaba de un lado al otro, lejos de Doca y las otras. Es tan bonito andar en el metro. Está tan limpio ahí adentro.

No encontré a mi mamá. Doca estaba enojada cuando regresé y Batata gritó que quien no trabaja no come. Ella no deja de toser y cuando se enoja se pone peor todavía.

Doca dividió su pan conmigo. Después me dejó que llorara en su pecho.

Mis cabellos no crecen. Me peleo, grito, empujo. Es peor. Santiña no deja que mis cabellos crezcan. Tan pronto como aparecen algunos hilitos ahí viene ella con sus tijeras. Corta. Corta. Corta. Se ríe. ¡Cómo se divierte con eso!

Batata murió. Nos despertamos temprano y ella no tosía. Dormía como un angelito. Dormía para siempre. Bueno, la muerte tiene cara de muerte. Nosotros la conocemos de lejos. No hay mucho que hacer. Está hecho.

—Se murió, ahora a enterrarla—dijo Doca. Cargamos a Batata y la dejamos en la puerta de la panadería.

—Doca tiene remordimientos. Ella se la vivía diciéndole a Batata que se muriera y Batata se murió. Tonta. ¿Será que ella piensa de veras que es responsable de la muerte de Batata?

Le pregunté a Doca acerca de su casa, su familia. Ella me vio a los ojos con mirada dura, que danzaba entre lágrimas.

—Yo no tengo casa. Yo no tengo familia. Sólo me tengo a mí.

Me marché. A ella no le gusta hablar de la casa, de la familia. Simplemente no tiene una cosa ni la otra.

Estar en la oscuridad es feo, bien horrible. Por eso a mí me gusta la luz del día. Estar solo en la oscuridad es horroroso. Nos hace recordar que estamos solos en el mundo.

La plaza de la Catedral es grande y no recuerdo un día en que la haya visto vacía. Siempre hay mucha gente. Gente por todos lados, vendiendo, comprando o tan sólo pasando. Dios los mira desde arriba del gran edificio de la iglesia. No existe una calle, callejón o esquina que Doca no conozca en el barrio de la Catedral. Aquél es su hogar, el único que conoció. No hay secretos en la plaza que ella no conozca. No existe ahí nadie que ella no conozca o a quien no pueda llamar por su propio nombre. Me agarro de ella con miedo de todo y dejo que Doca me lleve hacia adentro de su mundo. Estoy sola y demasiado aterrorizada para hacer otra cosa aparte de tratar de no temblar.

Mi mamá alguna vez me dijo:

—¡Si no fuera por ti, no tendría tantos problemas!

Yo me sentía culpable. Culpable y confusa. ¿Qué culpa tenía yo?

Ella hablaba de mi padre con odio, le decía malas palabras que dudo que le hubieran gustado. (Mi papá...Por más que trato, no puedo acordarme de su cara. De vez en cuando me detengo en la plaza, me quedo mirando aquellos hombres que pasan y pienso: "Pues sí, uno de ellos podría ser mi padre. ¿Sería posible que me reconociera si me viera?")

Ella bebía. Me golpeaba. Gritaba y molestaba a mi padre. Él se había ido. ¿Sería que ella me culpaba por qué mi papá se había ido?

Doca encontró a Santiña cortándome el pelo. Doca le cortó todo el cabello a Santiña también. Ahora tengo más miedo de Santiña. Va a querer vengarse. Parece que soy la culpable de todo lo malo que le sucede y parece que quiere dejar eso bien claro. Me pisa cuando se le antoja, con odio en los ojos. Me pellizca con una risita pesada en los labios. Me dice groserías muy bajito para que sólo yo la oiga. La oigo y me muero de miedo.

—Me las pagarás...

Ya lo sé. Ya lo sé.

Los chocolates deben ser buenos... ¿se darán cuenta si tomo uno?

Los chocolates son de verdad ricos. ¿Se habrán dado cuenta de que tomé uno?

Demasiado chocolate hace mal. Se dieron cuenta de que tomé varios en la tienda. La policía llegó y me llevó. Me dieron unos golpazos en las manos para que aprendiera. Me duele, todavía me duele.

El chocolate no es bueno. Tiene un precio muy alto.

Oigo a Dios todos los días, en la nochecita, en la Catedral. Me gustaría que él me oyera con la misma frecuencia.

¡Estoy tan sola!

Llueve. Corremos. Huimos de la lluvia. La calle tiene muchos charcos, enormes charcos de agua. Santiña pasa junto a mí. Disminuye su marcha. Se queda un poco atrás. Coloca uno de los pies frente a mí. Tropiezo. Caigo dentro de un charco. Venganza. Se ríe. Lloro.

Empujábamos el carrito. Doca, por supuesto, iba adelante. Pidona a un lado. Las otras y yo atrás. Santiña me picó las costillas. Me pisó. Ella realmente me detesta. ¿Qué es lo que hice? Decidí hacer algo. Me pasé a su lado. A la derecha. Miré a Santiña. El montón de cartón era grande. Empujé con el brazo. Aflojé las cuerdas y empujé. Cayó todo sobre Santiña. Hice un esfuerzo para no reírme mientras ella berreaba y pataleaba.

—¡Lo hiciste a propósito! ¡Lo hiciste a propósito!

Pues sí, lo hice. Fue bueno. Me sentí como si fuera otra persona. Santiña va a querer venganza. Una de las dos va a tener que acabar con esto.

Nos miramos la una a la otra, la rabia acumulada desde hace mucho tiempo, y, sin que nadie entendiera, nos peleamos. Rodamos por el piso, intercambiando puñetazos, insultándonos. No me amedrentaron los años que me lleva Santiña. Me peleé como loca, con rabia, con toda la rabia del mundo, el vestido rasgado, la sangre escurriendo por la nariz, las manos hormigueando de dolor.

Doca apareció y acabó con todo. Se peleó con nosotras. No me puedo acordar del ojo morado de Santiña porque me muero de la risa. No nos volvimos a hablar después de aquel día. Parece que gané algo de respeto frente a ella. Ella dejó de molestar.

Morungaba no tiene Dios ni corazón, por eso le cae tan bien al diablo. Doca lo odia con todas sus fuerzas. Es uno de los guardias más antiguos de la plaza y apenas nos ve se nos acerca rápidamente, ansioso de golpearnos, insultarnos y corrernos de ahí. Doca habla de él con rabia y amargura. Se acuerda de momentos horribles. De amigas que Morungaba golpeó o ayudó a encarcelar. Por primera vez oí hablar de la Institución para menores y me estremecí. Por la forma como ellas hablan, es un lugar muy feo.

Cierta vez Morungaba tomó nuestro carrito y le dio una bofetada tan fuerte a Santiña que uno de sus dientes voló. Maldad, pura maldad. Tan sólo maldad. Doca quería llorar. Yo veía que ella quería llorar, cómo luchaba para no llorar. No lloró. En otra ocasión, pateó a Pereba sólo porque estaba pegada a una ventana de la panadería.

—¿Estás pensando tonterías, no, niña?

A mí me jaló la oreja. Quemó el carrito de Lili Feiúra y mandó a Lili a la Institución. Ella jamás volvió a la plaza después de aquel día. Ayer golpeó a Doca en la cara y ella le escupió. Él la agarró por los cabellos y la golpeó más, la golpeó tanto que sus compañeros le arrebataron a Doca de las manos y la llevaron al hospital.

Pegador se enteró de eso.

Doca se quedó dos días completos en el hospital. Llegamos a pensar que iba a morir. Santiña nos enseñó a rezar: *Padre nuestro, que estás en los cielos, santificado sea tu nombre...*

Al tercer día, Pegador apareció. En la noche me entregó una gorra de policía. Había algo desagradable en sus ojos.

—Dale eso a Doca y dile que *él* ya no va a molestar a nadie más.

Él era Morungaba. La gorra era de Morungaba.

Jamás volvimos a ver a Morungaba. Después de aquel día, no puedo ver a Pegador porque empiezo a temblar. Me da miedo. Mucho miedo.

Navidad.

La ciudad toda adornada. Todavía no sé bien lo que es Navidad, pero no me gusta, no me gusta toda aquella gente feliz caminando para allá y para acá, cargada de paquetes. Doca no hace caso. Ella sólo piensa en el cartón que va a sobrar para que vendamos después de Navidad. Pues sí, Navidad es una cosa tonta de verdad. ¿A quién le gustan los regalos?

Me gustaría que me dieran un regalo de Navidad.
Mamá.

Pegador llegó con los brazos llenos de cosas para alegrar nuestra Navidad. Comida, comida cara, de aquellas que uno se come con los ojos en las vitrinas y se le hace a uno agua la boca, sintiéndose lleno nada más de verlas. Nadie preguntó de donde había venido todo aquello. ¿Para qué? Ya lo sabíamos. Bastaba mirar su revólver.

Fue en Navidad que Pegador le dio el primer beso a Doca. Pero en aquel momento nadie se dio cuenta. Sólo yo. Me moría de celos. No por Pegador. Sino de ella. Algo en el aire me decía que iba a perder a Doca. ❖

SEGUNDO AÑO
Compañeros del caos

❖ ENERO 6. Llueve. Es mi cumpleaños. Les digo a las otras. Ellas se ríen.

—¿Cumpleaños? —me preguntan.

Amanecieron crueles hoy. Debe ser la lluvia. Con la lluvia hay goteras y las goteras siempre nos exasperan. Tenemos que andar corriendo de un lado al otro como cucarachas mareadas, huyendo de las goteras sin poder escapar de todas. Con la lluvia no se trabaja, no se consigue cartón. Hay menos gente en las calles. Nosotros nos volvemos más visibles. No tenemos dinero y sin dinero no tenemos comida. Y sin comida hay pelea, hay caras hoscas, hay piedras en el corazón.

¿Para qué un cumpleaños? Siete años. Pues sí,... ¿para qué un cumpleaños?

De vez en cuando me acuerdo de mi mamá y eso le desagrada mucho a Doca.

—¿Todavía piensas en ella, niña? ¿Después de lo que hizo?

—Ella es mi mamá, Doca.

—Las nuestras también lo eran, Roliña —nos recuerda María Prieta.

No les hago caso. Mi mamá está en algún lugar, tal vez preocupada por mí, tal vez buscándome. Tal vez no. Pero me gustaría encontrarla. Sí, me gustaría mucho. Es mi mamá. Me tiene que decir por qué me abandonó. ¿Será porque hice algo mal?

No sé el nombre de ella. Jamás me lo dijeron. Y después de tantos años conviviendo con aquel apodo, dudo que ella se preocupe o se acuerde de otro nombre. Ella es gorda, malencarada y con tanta valentía y determinación en los ojos, como Doca. Todos la conocen como Lili Feiúra y tiene a más de diez niñas atrás de ella, todas con cara de pocos amigos.

Yo ya había oído hablar de Lili Feiúra. Tanto ella como Doca se disputaban cualquier cosa que hubiera en la plaza: papel, dinero, robos. Era algo de tiempo atrás, algo que había comenzado hacía mucho, y creo que ninguna de las dos se acordaba como había comenzado. Tan sólo reñían. Continuaban peleándose.

Yo estaba sola, con el carrito lleno de cartón, cuando ellas aparecieron, y rodearon el carrito y a mí.

—Eso es mío, chiquita — fue lo que dijo.

Doca apareció enseguida y las dos se insultaron, intercambiaron amenazas, rodaron por el suelo dándose golpes, mordidas, jalones de cabello. La policía llegó y acabó con todo. Nosotras corrimos. Peleas como esas se volvieron comunes después de aquel día. Fueron días difíciles. Muy difíciles.

Pidona no fue a su casa en Ferraz de Vasconcelos. Las cosas andan mal por allá. Son catorce y la casa es pequeña. El papá bebe hasta caerse y golpea a todo mundo, comenzando por la mamá. Pidona odia a su padre y odia a los hombres. Pidona es rebelde. No regresó a su casa. Tenía el cuerpo lleno de marcas, el dedo pulgar hinchado. No durmió y, en la mañana, comenzó a gemir como cachorrito. No quería decir lo que tenía, pero Doca insistió y ella habló. No dijo nada, nos enseñó. Pidona tenía el brazo roto. Sus ojos parecían dos bolas de fuego de tanto que brillaban cuando la doctora de Urgencias le enyesó el brazo.

—Yo lo mato, yo lo mato, yo lo ... —no dejaba de repetir. Creo que ella se refería a su padre.

Volví a casa. Mamá ya no estaba ahí. Mamá ya se cambió. Las personas no sabían adónde había ido y me veían con desconfianza. Me asusté pero ahora ya me estoy acostumbrando. Todos nos miran de la misma manera. ¿Será que tenemos algo malo? ¿Será que ellos piensan que tenemos alguna enfermedad horrorosa?

Conocí a Miss Nordeste. Que gracioso nombre. Pensé que las misses eran aquellas mujeres bonitas que aparecen en la televisión y... ella es fea, muy vieja y fea. No, no es tan vieja. Debe ser la pintura que se pone en la cara. Está orgullosa del cuerpo que tiene:

—Es el mismo de mis dieciocho años.

Exagera también. No lo es, no. Bueno, las piernas todavía las tiene bonitas. Doca se la pasa merodeando a Miss Nordeste y la llena de mimos para que ella le cuente algunos secretos de mujer. Las dos hablan muy bajo y ríen mucho. Miss Nordeste a veces me cae bien, a veces no, principalmente cuando aleja a Doca de mí. Es prostituta. P-R-O-S-T-I-T-U-T-A. Aprendí esta palabra en la plaza. La digo cuando estoy enojada. Sé que no le gusta. De día es más fácil conversar con ella. En la noche, como ella dice, trabaja. Tiene planes, muchos planes. Nos cuenta que vino de Caruarú —"Miss Pernambuco", dice ella— y que espera un papel importante en una película que todavía no tiene nombre y que no sabe cuándo se hará. Piensa que todavía va a ser famosa. Nos reímos mucho de ella.

Las cosas se ponen feas cuando hay poca comida. Hoy María Prieta y Pereba se pelearon por un pedazo mayor de pan de dulce. El pan estaba duro y se desmoronó en las manos de las dos. Es el hambre. El hambre es fea.

Él es posiblemente el único hombre con quien Pidona ha podido entenderse. Nadie sabía como se llamaba. Nadie sabía cómo había llegado a la plaza. Era un mendigo, uno como tantos otros. Comenzaron a decirle Bachiller. Pocos lo conocen con otro nombre. Habla de manera complicada, a veces habla una lengua extraña y desconocida. Él dice que es "latín". Trae un pesado libro debajo del brazo. Nadie sabe de dónde vino, algunos afirman que fue abogado, otros dicen que fue médico, y otros simplemente creen que es un loco.

Pero en realidad es encantador. Habla de mundos, de tierras y gente distantes. Cuenta historias que escuchó o leyó sin jamás repetir una siquiera. Es cariñoso, y respetuoso. Está siempre junto a la entrada del metro. Es ahí donde Pidona se encuentra con él para platicar días enteros. El hombre delgado y trémulo sólo deja de hablar para componerse los viejos lentes de aros redondos y arreglados con hilo y cinta adhesiva, o para vaciar poco a poco la botella que carga de un lado a otro, siempre llena de aguardiente

—Vas a acabar casándote con el Bachiller, Pidona —se burla Doca de vez en cuando. Nosotros nos reímos mucho y más aún cuando Pidona nos ve con cara de pocos amigos.

El Bachiller le da consejos a Pidona. Le dice que sea paciente con sus papás y que debe amar a su madre y a sus hermanos. Escucha todo lo que ella le dice. Ellos se entienden. Tienen problemas parecidos. Él comprende y hasta enjuga las lágrimas de Pidona cuando ella habla del odio que siente por los hombres, comenzando por el papá. Hay días que pasan mucho tiempo debajo de un árbol o de una marquesina, platicando. Se olvidan de la vida.

Pidona me besó y dijo que me quería mucho. No entendí. Parecía asustada, y cuando le pregunté qué pasaba, se volteó y se fue a dormir. Extraño, muy extraño. Como ella.

Doca anda distraída, descuidada, parece distante. Está cambiando y no sé por qué. De vez en cuando, la encuentro por los rincones, triste, como si sufriera mucho. Ya no quiere jugar. No cuenta chistes. No sonríe. Prefiere la soledad.

Ya no somos niños. Tenemos edad de niños. Manera de ser de niños. Algunos aún tienen la mirada inocente de un niño, pero no somos niños, no. Hay algo dentro de mí diciendo eso y el grito es cada vez más fuerte. Grita. Grita. Grita. No sé lo que somos, pero no somos niños. No somos, no. Ser niño es soñar y nosotros no soñamos, no mucho. No como nos gustaría soñar.

Doca decía que él traía el infierno en las manos y ella nos mantenía bien lejos de él.

Bombita. El nombre de él era Bombita. Era un contacto. Vendía droga. Estaba siempre por las esquinas, los ojos llenos de desconfianza, los cabellos escurridos y siempre oliendo a rancio, como si nunca los lavara o los lavara mal. Cualquiera podía encontrarlo desde lejos por la ropa que usaba: las camisas rojas, los tenis blancos y sin agujetas, y los pantalones sucios, muy sucios. Nadie sabía por qué era Bombita. Era tan viejo como su apodo. Andaba por las esquinas del barrio de la Catedral, escurriéndose por las calles de Ipiranga, desapareciendo en las sombras de la iglesia, de cuando en cuando iba hasta la Avenida de la República.

Veíamos a la gente buscando el veneno. Gente rica, hombres en carros lujosos, motos enormes y ruidosas, lentes de espejo, chaquetas de cuero, mujeres nerviosas apretando sus bolsas, con miedo de los ladrones y de la policía.

Bombita vivía aquí. Vivía allí. Vivía en todas partes. Parecía alma en pena, como decía Doca. Una vez, me ofreció lo que vendía. Nievecita, mucha nievecita blanca. Doca me dio un manazo y gritó.

—¡Toma de eso, Roliña, y verás la cara del diablo bien de cerca todo el día!

Bombita nada más sonrió y se volteó, con cara de quien dice: "Tú me quitas una y yo consigo otras dos".

Aprendí a huir de él. No me gustan sus ojos. Son extraños. Nos hacen sentir mal.

—¡Prueba! ¡Te va a gustar! ¡Te va a hacer sentir muy bien! Bombita me ofreció la bolsa con la nievecita blanca, su boca torcida en una gran risotada. Me fui corriendo.

La calle nos vuelve peores, hace surgir cosas muy malas dentro de nosotros. Quiero matar. No quiero matar.

Mamá. Mamá. Mamá.

Miss Nordeste nos enseñó las fotos de sus hijos. El padre no la deja ver a los niños desde que ella lo abandonó para venir a São Paulo y hacerse famosa. Siempre se le llenan los ojos de lágrimas cuando habla de ellos, cuando nos enseña aquellas fotos, que llegan de vez en cuando. Por medio de ellas, Miss Nordeste ve a sus cuatro hijos creciendo. Tan sólo a través de ellas. Ella no puede regresar. Los niños ya no son de ella y las fotografías lo demuestran claramente. Miss Nordeste llora.

El guardia vino y picó al Bachiller con la punta de la bota. Lo despertó. Le gritó para que se levantara. Él se tardó y lo empujaron. Se cayó del banco y los guardias se rieron. Él insultó al guardia. Al guardia no le gustó y lo golpeó con la macana. Los otros lo agarraron y lo arrastraron hacia dentro de un carro. Nosotros vimos. Pidona le dijo al guardia que lo dejaran en paz. Se llevó una bofetada en la cara y cayó. El carro se fue con el Bachiller y los guardias. Pidona lloró toda la noche por él. No volvió a Ferraz de Vasconcelos. Se quedó en la plaza esperando al Bachiller.

Volví de nuevo a casa. Busqué a mi mamá. Nadie sabe nada de ella. Algunos simplemente no abrieron la puerta. Me insultaron. Por fin una mujer que barría la banqueta me llamó y me dijo algo sobre el barrio Pirituba. Mi mamá se cambió al barrio Pirituba. ¿La calle? ¿El nombre? Nada. Ella solamente escuchó a uno de los hombres que había hecho la mudanza quejándose del largo viaje. El barrio Pirituba fue lo que él había dicho.

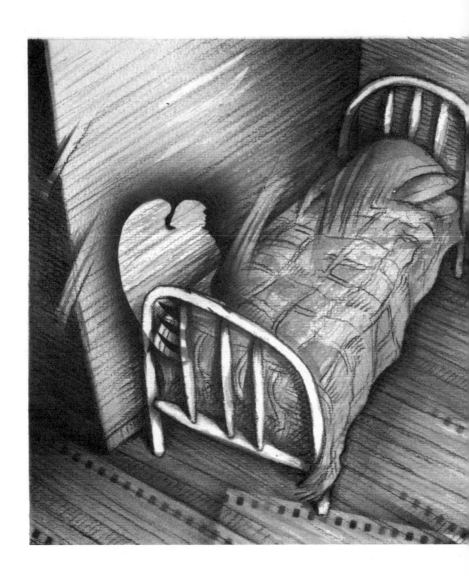

Sé que mi mamá está en Pirituba. Lo que no sé es si ella me va a aceptar de nuevo.

Vimos a Miss Nordeste en el periódico. En la primera página. La encontraron muerta en la Alameda Barón de Limeira, cerca de la *Folha*.

—Se volvió famosa—dijo María Blanca, queriendo hacerse la graciosa. A nadie le hizo gracia. Doca lloró mucho.

Algo peculiar le sucede a Doca. Su cuerpo se está transformando. Algo dentro de ella se está transformando. Ella está cambiando. Nuevas formas. Senos. Ella ya tiene senos y están cada vez mayores y más redondos. Pegador la ve con ojos diferentes. Me da miedo. ¿Será que eso también me va a suceder a mí? Últimamente Doca y yo apenas si platicamos. Me quedo en un rincón, aburrida. Ella sólo tiene tiempo para Pegador.

Ellos tienen todas las caras. Negros. Blancos. Amarillos. Son todos iguales. Prometen, ¡ay! ¡Cómo prometen! Buena vida. Mucha comida. Paseos en carrazos. ¿Los Santos Reyes? ¿O quienes son? Doca dice que son los rufianes. Andan siempre con mujeres a su alrededor y tienen siempre una sonrisa en la cara. Dice que las serpientes son menos peligrosas que ellos. ¡Vemos cada cosa en las calles! Uno de ellos vino a hablar conmigo. Doca y las otras lo ahuyentaron. Al día siguiente él insistió.

—¡Loco! ¡Degenerado! —Doca y las otras no dejaban de gritar, empujándolo hacia la multitud que llenaba la plaza. Hasta la policía llegó.

Hubo un gran alboroto. Doca me jaló de la mano y nos fuimos. Él ya no volvió. Pero los otros andan por aquí. Son tantos y tienen tantas mujeres... A muchas las golpean. Las golpean en la cara, allí en la plaza para que todo el mundo vea.

No entiendo cómo las personas pueden aceptar ciertas cosas. ¿Por qué esas mujeres dan dinero a los hombres? ¿Para que no las golpeen? ¿Por qué no llaman a la policía? Es extraño...

Su nombre es Cai-Zé. Un rufián. Todo el día está por ahí. Nos anda rondando. Nos acecha en la plaza y nos promete el mundo. Por lo menos la mitad. La otra mitad se la queda él. Nos dice para lo que nos quiere. Dice que somos niñas, pero con el tiempo... ¡Nos da asco! ¡Mucho asco! Asco por lo que dice, por lo que ofrece, hasta por la sonrisa y la ropa bonita que usa. No nos cae bien y Pegador ya dijo:

—¡Un día tú vas a caer, Zé!

Pegador habla en serio. Él no juega con esas cosas. No, no juega.

El Bachiller apareció. Muy lastimado. No daba pie con bola. Ni reconoció a Pidona. El vendedor de *hot-dogs* llamó a la ambulancia para que se lo llevaran. Se tardó y cuando llegó los enfermeros no lo querían levantar.

—¡Apesta! —dijo uno de ellos, haciendo gestos.

Discutimos largo rato. El vendedor de *hot-dogs* y algunos hombres cargaron al Bachiller para meterlo en la ambulancia. No salió de la plaza.

—¡Está muerto! —rezongó uno de los enfermeros, que bajó y lanzó una palabrota, mirándonos como si fuera nuestra culpa. Pidona perdió nuevamente. Anda cada vez más distante. No le interesa nada. Muerte, vida, alegría, sufrimiento. Nada.

Extraño. Hace días que Pidona no viene. Bueno, ella se estaba poniendo muy rara. Está creciendo y poniéndose muy extraña. Solamente hay una cosa en la que no cambia: odia a su padre, odia a los hombres.

Tenemos que ser astutos o el mundo nos traga. ¿Quién es el mundo? Es la policía que nos golpea y nos patea, que nos arresta. Es la Institución para menores, sea lo que sea eso. Es el hombre que compra el cartón y siempre trata de hacernos tontas. Es el "contacto" que trata de llenarnos con cualquier cosa (primero es gratis, después uno paga y paga caro). Es el rufián siempre rondando, siempre prometiendo, siempre llenándonos de palabras los oídos. Son las personas que pasan apresuradamente, que nos evitan como si tuviéramos algo malo. Son aquellos que dan limosna antes de que les pidamos y se sienten bien con Dios, como si eso hiciera que Dios los mire con mejor cara. El mundo es todo aquello que nos hace daño.

Fue todo muy rápido. Pensé que era un juego. Todas nosotras lo pensamos. De repente, el hombre se aproximó a Bombita y sonrió. Bombita no sonrió, puso cara de miedo, pero el hombre sonrió, dijo alguna cosa y lo picó en la barriga. Solamente vimos que el hombre se alejaba diciendo una palabrota y Bombita, con una cara horrible, se tambaleaba en dirección nuestra, rogando a Dios, los dedos como enterrados en la barriga. Vino cayéndose, cayendo, cayendo, cayendo por la calle Ipiranga. Le abrimos camino y él continuó cayendo, se precipitó por la calle Ipiranga hasta desparramarse sobre un puesto de periódicos, con las manos llenas de sangre, los ojos saltones, llenos de sorpresa, como si no creyera que estaba muerto.

Pidona regresó. Se queda en un rincón. No dice nada. No trabaja. No come. Esta tristona. No dice nada y, cuando habla, es sólo para insultar y amenazarnos. Tiene miedo en los ojos. Creo que le está pasando algo.

Pereba se levantó haciendo un escándalo, decía que Pidona le estaba haciendo cosas muy raras, y que le decía cosas extrañas, tratando de darle un beso. Nos quedamos mirando a Pidona, esperando que ella dijera algo. Ella no dijo nada. A decir verdad, ni le importó que la mirásemos. Hace mucho tiempo que ya no le importa nada.

La policía estuvo allá en casa. Patearon la puerta. Entraron. Se llevaron a Pidona. Ella no quería ir. Pataleó. Gritó. Pateó. Luchó como un tigre. Dijo que sólo muerta iría. Pero fue viva, agarrada de los brazos y las piernas. El guardia dijo que ella había matado al papá en Ferraz de Vasconcelos. Ella no regresó. Hace una semana de esto.

—Debe estar en la Institución —dijo María Prieta. Noté mucho miedo en sus ojos. Algo en sus palabras parecía decirnos que Pidona no regresaría jamás.

No encuentro a mi mamá y, por más que trate, no puedo explicar por qué necesito tanto encontrarla. Es una necesidad. Ella es mi madre. Aunque me esfuerce, no consigo que me guste la calle. Me gustaría tanto tener una casa. No tener que soportar que me miren como a algo espantoso. No tener que ver a la policía con miedo. Tener a alguien que me proteja además de mí misma. Tengo tanto miedo de todo. Debe ser normal. Tan sólo tengo siete años.

Doca se levantó gritando como loca:

—¡Me muero! ¡Me muero!

Nos despertó a todas.

—¡Ayuda! ¡Ayuda! ¡Ayuda!

Corría como una cucaracha loca, sacudiendo las manos llenas de sangre. Santiña dio un grito, asustada. Pereba tropezó con un montón de cartón que no habíamos podido vender y regó todo por el suelo. María Prieta corrió hacia el fondo de la barraca y se quedó allá, encogida, cobarde, con los ojos fuera de sus órbitas. María Blanca y yo nos miramos con cara de quien no entiende nada. Doca corría de un lado a otro, loca, con el vestido lleno de sangre, rogando a Dios, como si llamara a su madre, una mano amiga, el cariño, la calma de las palabras, la paz de una mirada. Finalmente pudimos lograr que se detuviera y dejara de correr. Buscamos la herida. La agobiamos con preguntas que sólo sirvieron para dejarla todavía más molesta. Irritada. Nos insultó. Nos mandó a muchísimos lugares, uno peor que otro.

Corrimos con ella hacia afuera de la barraca. Vagamos por la ciudad hasta encontrar un hospital. La doctora rió del miedo dibujado en nuestras caras.

— Lo único que tienes es la menstruación, querida mía —dijo ella.

Parecía algo natural: M-E-N-S-T-R-U-A-C-I-Ó-N. Nos explicó lo que era eso y dijo que sucedería más veces. Para que Doca no se preocupara.

—Ahora eres una mujercita —afirmó con una sonrisa maternal. Doca tuvo que aguantar las burlas mientras regresábamos a casa. Mujercita

Doca nos exigió que no dijéramos nada acerca de la tal menstruación y nos mostró un puño cerrado, bien cerrado, como amenaza, frente a nuestras caras. Ella hablaba en serio.

—¿De que se ríen, tontonas? Eso les va a pasar a todas, ¡después, ¡después! ¡Entonces la que se va a reír soy yo!

El asunto murió por la paz. ❖

TERCER AÑO
La vereda de los desafortunados

❖ Estoy celebrando mi segundo cumpleaños desde que estoy con Doca y las otras niñas. Fui a Pirituba. Mi mamá está en algún lugar de ahí pero nadie la conoce. Pregunté, pregunté, pregunté. Nadie conoce a mi mamá. Su nombre es desconocido para todos. Me regresé a la casa con los pies llenos de dolor y el corazón apretándome el pecho. Sintiéndome inútil y completamente abandonada.

No quiero celebrar mi cumpleaños. ¿Para qué?

Hacía días que los niños de una barraca vecina molestaban a Doca. Ella no decía nada. Se hacía la tonta e ignoraba los silbidos, y los murmullos divertidos de los chicos. Ella sólo tenía ojos para Pegador. Todos sabían eso y la mayoría se quedaba con un chiste aquí, una mirada ahí, pues ya sabían cómo era Pegador cuando se trataba de Doca. Sin embargo, de vez en cuando aparecía uno, más atrevido, que se acercaba, andaba cerca de ella y se arriesgaba a darle un besito. Pegador jamás veía. Él nunca estaba cerca cuando eso sucedía. ¡Claro! ¿Quién se arriesgaría a acercarse a Doca cuando él estaba cerca? Mientras tanto, había siempre alguien listo para delatar al infeliz y entonces...entonces había bronca. Generalmente en la noche. Pegador esperaba al atrevido en un rincón. Solo. A decir verdad, él jamás atrapó a nadie de manera cobarde o con ayuda de otros. Él era atrevido, peleaba cara a cara y con rabia en el corazón. Y golpeaba, golpeaba mucho. Nadie era mejor que él para la pelea. Tan sólo una vez Pegador no pudo esperar hasta la noche. Fue la única vez en que él llegó a la hora en que uno de los tales atrevidos decía tonterías al oído de Doca. La sangre se le subió a la cabeza y, cuando nos dimos cuenta, ya estaba encima del desdichado. Entonces comenzó el intercambio de golpes aquí y allá que sólo terminó cuando el niño quedó tendido en el piso, casi muerto.

¡Dios! Llegamos a pensar que estaba muerto de verdad. Claro que lo pensamos. Fue por poco.

Pegador era terrible cuando se enojaba y nosotros siempre teníamos miedo de él, de que tomara el arma y saliera dando tiros. Tenía aquellos ojos

brillantes de Dios-me-libre que nos preocupaban. Aquellos ojos de demo-
nio, de fuego, que nos quemaban, los ojos de alguien que esconde dolor y miedo
detrás de esa rabia que nos asustaba.

Después de aquel día, nadie más se metió con Doca. Pegador llevó al niño con sus amigos. Nadie lo volvió a ver. Pero veíamos el miedo en los ojos de los chicos siempre que se encontraban con Pegador. Era un miedo de muerte. Era una cosa de asustar y de dejarnos con ciertas ideas en la cabeza. Comencé a ver a Pegador con más miedo aún.

María Blanca se fue con Cai-Zé. Doca trató de convencerla de que se quedara pero fue una pérdida de tiempo.

—No quiero pasarme toda la vida juntando papel, Doca —dijo ella. Y se fue.

Me gustaría creer que ella está bien y feliz. Me gustaría mucho. De veras.

Una mendiga trajo a Santiña a la casa. Dios. No podíamos creer que fuera Santiña. Su ropa estaba rasgada y ella estaba muy lastimada. Sangraba. Tenía arañones en los brazos y las piernas, tenía vergüenza en los ojos bajos y llorosos.

—Unos hombres abusaron de ella —dijo la mendiga—, ¡pobrecita! Sufrió mucho.

Santiña se desmayó. Pegador la cargó y la llevó adentro de la barraca y después salió con la mendiga. La fiebre se apoderó de Santiña. Todos pensaban que no resistiría.

—Yo la voy a cuidar —dije.

María Prieta me miró sorprendida. Parecía no creerlo. Pereba lloraba. Doca no dejaba de proferir insultos. María Prieta pudo dormirse. Yo me quedé despierta con Santiña.

Al día siguiente, los dos hombres aparecieron muertos. Nadie dijo nada. Todos sabían que eran los responsables del sufrimiento de Santiña. Pegador regresó un poco después. Nadie hizo preguntas. ¿Para qué?

Santiña no deja de llorar. Tiene vergüenza frente a nosotras. Se ve en su cara. Platico con ella. La consuelo. Nos hablamos. Mira las estrellas. Platicamos tonteras.

Santiña me pidió disculpas por todo lo malo que me había hecho. Nos abrazamos y lloró como boba. Lloró. Lloró. Lloró tanto y me apretaba tanto que hacía que me doliera la espalda. Quiero que ella olvide lo que sucedió, pero duele y, mientras duela, ella no olvidará. Tal vez va a doler para siempre. No odio a los hombres como Pidona los odiaba, pero no entiendo por qué tienen que hacer esas cosas. ¿Qué placer hay en hacer sufrir a alguien? Es extraño...muy extraño.

Me gusta la lluvia. Me gusta el cielo lleno de nubes negras, las nubes retorciéndose como personas heridas, como una madre con dolores de parto. Me gusta el viento soplando amenazas en mi rostro. Me gusta la lluvia tamborileando sobre mi cuerpo, en mi cara. La vida en la ciudad se vuelve más clara. Las luces se transforman en manchones extraños y muy distantes. Hay paz en el aire. La soledad es más grande. La vida no se vuelve peor ni mejor. Es tan sólo la vida. El viento ruge incertidumbres. La barraca se estremece. Alguien reza. Llueve. Llueve. Llueve. Hay una gotera en mi cabeza. Aun así me gusta la lluvia, el cielo lleno de nubes negras, las amenazas del viento. Soy lo bastante fuerte para enfrentarlos.

Decepción. Sorpresa. No sé qué pensar. Estoy confundida. No entiendo bien lo que sucedió, pero tengo rabia de Doca. Ayer entré a la casa. Empujé la puerta y entré. Vine antes que nadie. Habíamos vendido mucho papel y quería darle la buena noticia a Doca, que andaba medio mala.

—¡Doca! —grité, empujando la puerta, una enorme sonrisa en la boca, y entré.

Me detuve, confusa, asustada, horrorizada. Encontré a Pegador y a Doca en el piso... aquello... aquello... aquello... ¡Nunca pensé que Doca fuera capaz!

No era la primera vez que yo veía a un hombre y a una mujer haciendo eso. De vez en cuando encontrábamos a los mendigos haciéndolo en los rincones. Hasta nos divertíamos, nos reíamos mucho, nos burlábamos de ellos. Pero ellos eran mayores. Pensé que Doca jamás haría aquello. No, no Doca.

Somos niñas. Las niñas no hacen eso. No. *Yo* soy niña; Doca es una mujercita. Las mujercitas lo hacen.

Yo debía haber entendido que algo había cambiado cuando Doca dejó de jugar conmigo y con las otras niñas. Cuando comenzó a andar más con Pegador, los dos huyendo de nosotros por los rincones. ¿Entonces es a los doce años que una deja de ser niña?

Los dos se quedaron petrificados mirándome, sin saber qué hacer, sin saber qué decir. Yo no podía parar de temblar.

—Ya me voy —dije, cerrando la puerta.

Salí. Pegador salió poco después. Le mandé una mirada llena de rabia. Me sentí robada, robada por él y lo odié por eso. Él nos estaba quitando algo, a nuestra amiga, protectora, compañera. Me quedé allí sin mirarlo, sin hablarle, confusa, pensando en lo que le diría a Doca. Tenía miedo de lo que sucedería cuando la mirara otra vez. No sabía por qué.

Hoy Doca se sentó junto a mí.

—¿Estas enojada conmigo?

Sacudí la cabeza. Dije que no. Mentí, seguí con los ojos clavados en el piso. Ella comenzó a hablar. Aprendí cosas que no sabía y me asusté al saber lo que me esperaba cuando tuviera la edad de Doca. Mujercita. La palabra era necia. No decía nada. Pero me asustaba. Siempre que pensaba en crecer, me asustaba, me acordaba de Pegador y Doca acostados en el piso, en aquella barraca, en aquello que hacían cuando entré...

Corrí y hui de Doca. Me quedé el resto del día pensando en ella, en Pegador, en el momento en que los encontré. Con miedo de crecer.

Doca me buscó otra vez y me pidió disculpa por el mal que me podía haber hecho. Me avergoncé. La abracé. Nos quedamos abrazadas por un buen rato. Calladas.

La vida es una eterna separación.

La calle es pequeña, no tiene banqueta. Es sólo tierra. Tierra y hierbas. Se llama Corteza. Mi mamá está viviendo ahí. Lo sé. Yo la vi. Reconocí su rostro, su sonrisa, hasta volví a oír de nuevo sus palabras cuando me dejó.

Ella tenía un bebé en los brazos y se me llenaron los ojos de lágrimas cuando le dijo hijita. Lloré por ella. No por mi mamá, sino por la niña.

Ella es muy bonita. ¿Cuánto tiempo pasará antes de que la abandone también? ¿Será que el hombre que camina a su lado se irá como mi papá? ¿Será que mi mamá se desesperará y la dejará, con otra disculpa? ¿Será que voy a encontrar a esa niña en las calles?

Me fui. De repente encontrar a mi mamá perdió cualquier sentido para mí. Regresé con Doca y las niñas. Regresé a casa.

Pensé en buscar a mi papá. Desistí. Sería una tontería. Él nos abandonó a mi mamá y a mí. ¿Por qué iría a quererme ahora?

Platico mucho con Pegador. Le estoy perdiendo el miedo. No es tan malo como parecía. Su cara llena de rabia es sólo una máscara para esconder a una criatura muy asustada y con miedo de todo. Me da lástima.

Pegador aprovechó que me encontró sola. Vi algo diferente en sus ojos. Le sonreí. Él me agarró y trató de besarme. Le rompí una botella en la cabeza, fue lo primero que encontré. Después me quedé asustada. ¿Y si me golpeara?

Él se rió. Rió mucho, y se fue.

No entendí.

Cambié de idea. Pegador es tan sólo otro abusador.

Me dieron ganas de llorar. Ella se murió como un pajarito, haciendo pío, pío, pío... sin decir una palabra. Me quedé allí, como tonta gimiendo:

—Doca...Doca...Doca...

Ella no respondió. ¿Cómo iba a responder? La muerte. Ella estaba muerta. Miré a los policías. Los miré bien a los ojos y quise gritar algo. Pero las palabras se me atoraron en la garganta. Fui tonta. Lloré, lloré, lloré hasta que me dolieron los ojos. Lloré y me abracé al cuerpo de ella con un sabor de soledad en la boca. Un sabor amargo, feo. Solté los calcetines que me había traído de la tienda. El barrio de la Catedral enmudeció y había gente de todos los rincones mirándome. Alguien susurró "ladrona", pero yo no hice caso. Sólo sabía que tenía culpa en la conciencia. Yo robé los calcetines y ellos habían matado a Doca.

Doca. Doca. Doca. ❖

EPÍLOGO
Perplejidad

❖ LA PLAZA crece frente a mis ojos. Nunca me había parecido tan grande como ahora, cuando todavía lloro por Doca. Un llanto inútil. Tonterías de un corazón lleno de dolor y de miedo, de mucho miedo. Puedo ir con Pegador. Puedo quedarme sola. Puedo ir con las otras niñas. Puedo ir a la Institución para menores. Puedo simplemente dejar de pensar y dejar que la vida me lleve. ¿No es lo que siempre hace?

Voy a la iglesia. ¿Será que voy a encontrar a Dios? Bueno tal vez... pero sólo tal vez. No importa. Tal vez encuentre un poco de paz, algunas monedas. Es mejor no forzar la suerte. ¿Para qué querer más? No es posible querer más.

Doca...Doca...Doca...

Tengo miedo, mucho miedo.

La ciudad es oscura. Las calles están llenas de gente.

Pero las personas pasan presurosas. No miran. No piensan. No ven. Pasan como pasa el tiempo, las cosas buenas, las cosas malas.

Estoy creciendo.

Tengo miedo.

¿Estoy comiendo?

No sé. Todo es tan difícil.

Amaneció lloviendo.

Ya me voy, voy a ver que puedo hacer para seguir viva. ❖

Con tanta riqueza por ahí ¿dónde está?
¿Dónde esta tu parte?

Plebe fuerte, hasta cuando esperar

Índice

Este libro se terminó de imprimir y encuadernar en el mes de noviembre de 1998 en Impresora y Encuadernadora Progreso, S. A. de C. V. (IEPSA), Calz. de San Lorenzo, 244; 09830 México, D. F. Se tiraron 5 000 ejemplares.